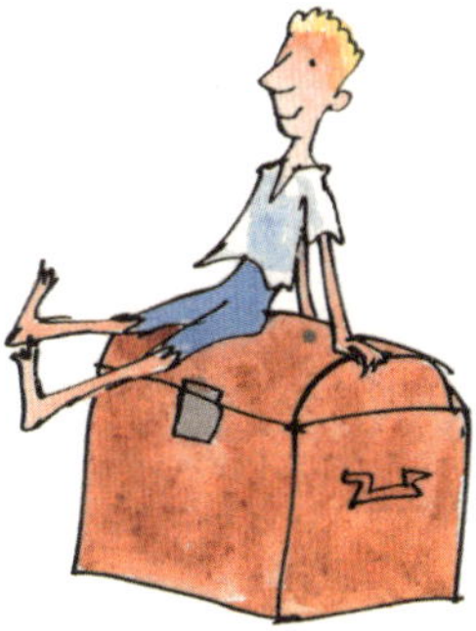

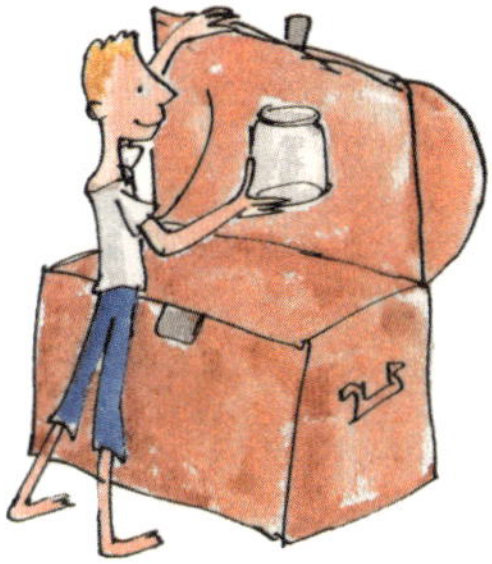

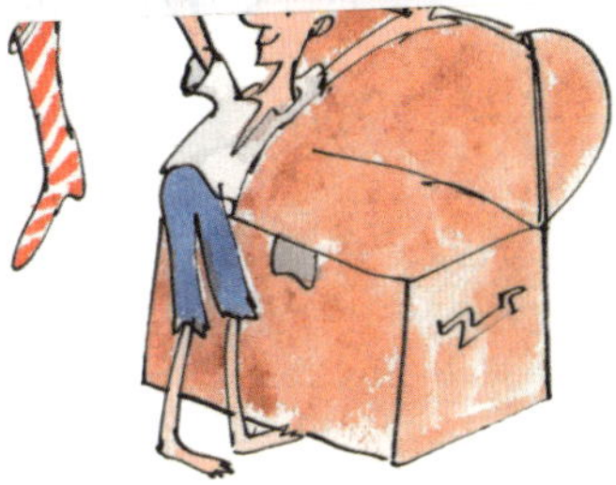

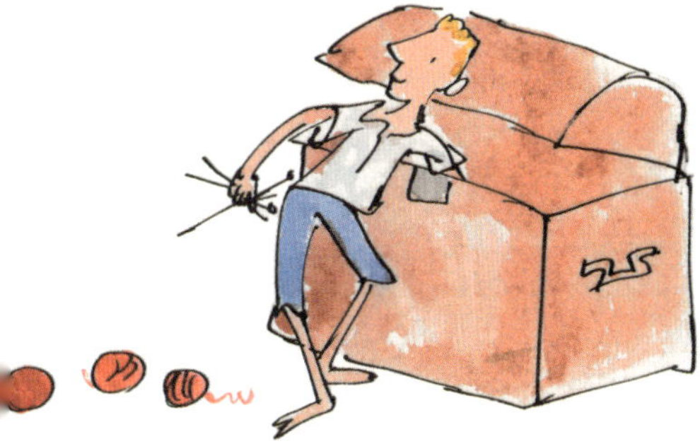

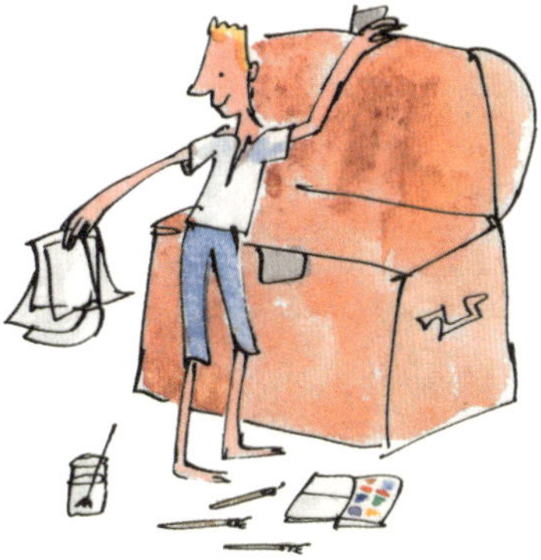

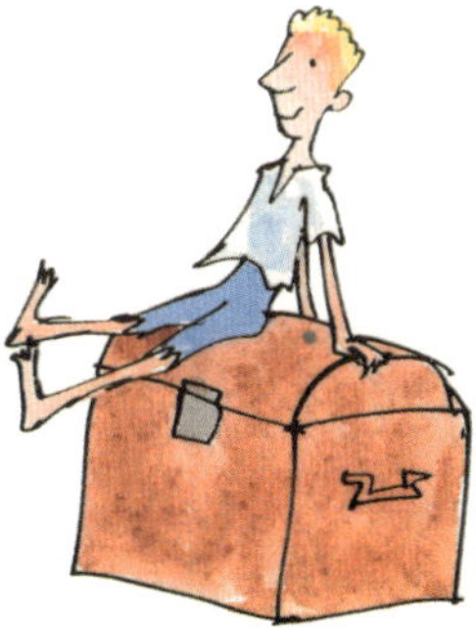

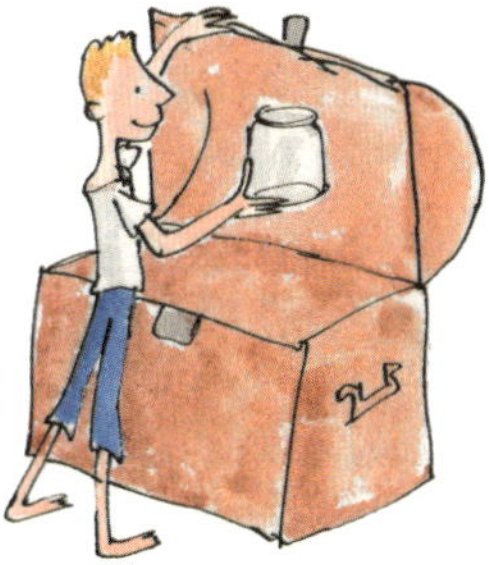

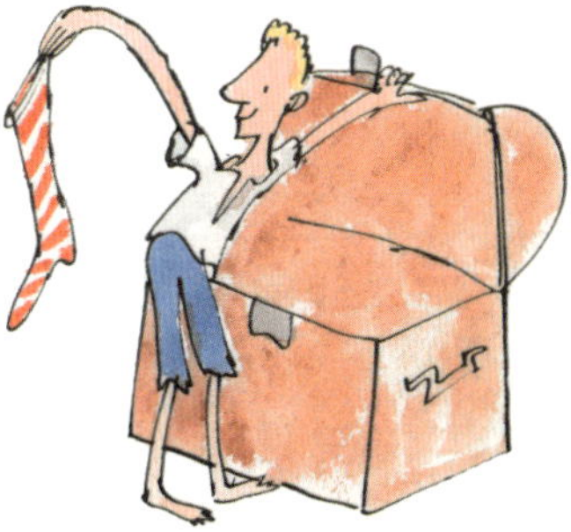

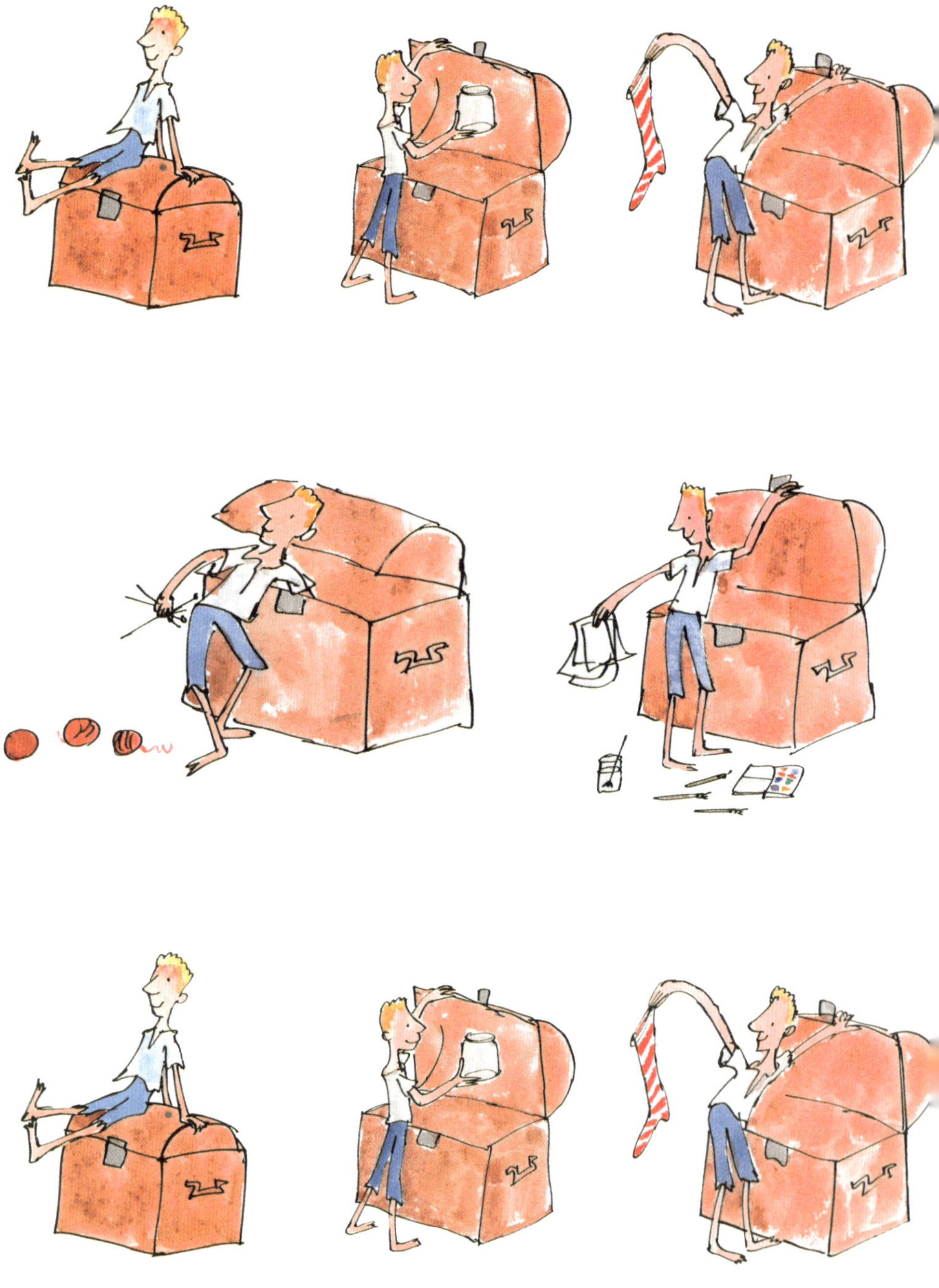

这本书属于

_____

著作权合同登记号：图字 01-2021-7426 号

SIXES AND SEVENS

This paperback edition published in 2011 by Andersen Press Ltd.
First published in Great Britain in 1971 by Blackie & Son Limited.
Text copyright © John Yeoman, 1971.
Illustration copyright © Quentin Blake, 1971.
All rights reserved.

图书在版编目（CIP）数据

七不乱，八不糟/(英)约翰·优曼著；(英)昆廷·布莱克绘；漪然译. -- 北京：人民文学出版社，2025.
(国际安徒生奖得主昆廷·布莱克桥梁书). -- ISBN 978-7-02-019087-4

Ⅰ.I561.85

中国国家版本馆CIP数据核字第20249YP378号

责任编辑　卜艳冰　杨　芹
装帧设计　汪佳诗

出版发行　人民文学出版社
社　　址　北京市朝内大街166号
邮政编码　100705

印　　制　凸版艺彩（东莞）印刷有限公司
经　　销　全国新华书店等

字　　数　12千字
开　　本　890毫米×1240毫米　1/32
印　　张　1.125
版　　次　2019年6月北京第1版
印　　次　2025年1月第1次印刷

书　　号　978-7-02-019087-4
定　　价　25.00元

如有印装质量问题，请与本社图书销售中心调换。电话：010-65233595

国际安徒生奖得主
昆廷·布莱克
桥梁书

七不乱，八不糟

〔英〕约翰·优曼 著　〔英〕昆廷·布莱克 绘　漪然 译

人民文学出版社
PEOPLE'S LITERATURE PUBLISHING HOUSE

一大早,妈妈赶来给要乘木筏出发的巴纳比送行。

"去丽波草场的途中,别忘了沿途停一停,没准会有人需要你帮忙带点什么呢。"

巴纳比撑起竹竿,高声回答:"我不会忘记的。"

"还有,万一你遇上什么麻烦,就翻翻你的箱子。"
在巴纳比出发的前一刻,妈妈又喊了一句。

1

第一站，木筏停在了哈莫码头，巴纳比遇见了阿雅老奶奶。

"我想送走一只小猫咪，"老奶奶说，"它又乖又安静，从这儿到丽波草场的几个小时，它会一直呼呼大睡的。"

"那是小菜一碟！"巴纳比说，"在去丽波草场的这一路上，我大概没什么事可做了。"

2

第二站，木筏停在了朗艾克河滩，巴纳比遇见了阿布夫人。

"我有两只小耗子，都是我的小宝贝，"夫人说，"它们又乖又安静，可是从这儿到丽波草场的路上，猫咪会把它们的耳朵咬掉的。"

巴纳比翻了翻箱子,想看看能找到什么办法。结果,他掏出来一只毛袜子。

"让小猫咪睡在袜子里吧,从这儿一直到丽波草场,"巴纳比说,"这样就全妥了,小菜一碟!"

3

第三站，木筏停在了帕圣高地，巴纳比遇见了阿菲妹妹。

"这三位女老师，个个腰杆笔直，"妹妹说，"她们又乖又安静，可是从这儿到丽波草场的路上，耗子会钻进她们的假发里面的。"

巴纳比翻了翻箱子，想看看能找到什么办法。结果，他掏出来一个果酱罐子。

"让小耗子待在罐子里吧，从这儿一直到丽波草场，"巴纳比说，"这样就全妥了，小菜一碟！"

4

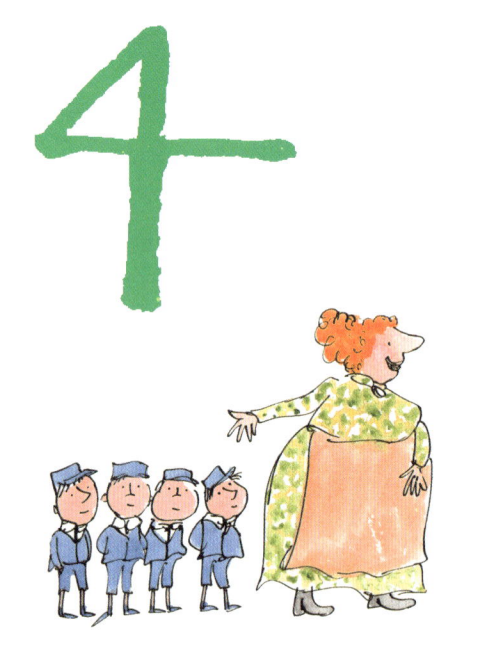

第四站，木筏停在了斯图卡河湾，巴纳比遇见了阿萨大妈。

"这四个学生娃娃，个个干净漂亮，"大妈说，"他们又乖又安静，可是从这儿到丽波草场的路上，老师会把他们吓坏的。"

巴纳比翻了翻箱子，想看看能找到什么办法。结果，他掏出来一些毛线球和毛衣针。

"让老师们埋头织毛衣吧，从这儿一直到丽波草场，"巴纳比说，"这样就全妥了，小菜一碟！"

5

第五站,木筏停在了寇奇格拉公园,巴纳比遇见了阿墨大婶。

"这五只小猴子,个个手脚灵活,"大婶说,"它们又乖又安静,可是从这儿到丽波草场的路上,娃娃们会扯它们的尾巴的。"

巴纳比翻了翻箱子,想看看能找到什么办法。结果,他掏出来一些画笔和白纸。

"让娃娃们埋头画画吧,从这儿一直到丽波草场,"巴纳比说,"这样就全妥了,小菜一碟!"

6

第六站,木筏停在了雷本闸口,巴纳比遇见了阿苏阿姨。

"这六只鹦鹉,个个会说话,"阿姨说,"它们又乖又安静,可是从这儿到丽波草场的路上,猴子会让它们尖叫的。"

巴纳比翻了翻箱子,想看看能找到什么办法。结果,他掏出来一只木头笼子。

"让猴子们躲进笼子里吧,从这儿一直到丽波草场,"巴纳比说,"这样就全妥了,小菜一碟!"

7

第七站,木筏停在玛丽韦瑟磨坊,巴纳比遇见了阿玛姑姑。

"这七只小狗,都是我收养的,"姑姑说,"它们又乖又安静,可是从这儿到丽波草场的路上,鹦鹉会啄它们的。"

巴纳比翻了翻箱子,想看看能找到什么办法。结果,他掏出来一个遛鸟的架子。

"让鹦鹉待在架子上吧,从这儿一直到丽波草场,"巴纳比说,"这样就全妥了,小菜一碟!"

8

第八站,木筏停在珀纳德大坝,巴纳比遇见了阿黛姐姐。

"这八条小蛇,有的细,有的粗,"姐姐说,"它们又乖又安静,可是从这儿到丽波草场的路上,小狗会攻击它们的。"

巴纳比翻了翻箱子,想看看能找到什么办法。结果,他掏出来一些漂亮的狗链子。

"让小狗拴上链子吧,从这儿一直到丽波草场,"巴纳比说,"这样就全妥了,小菜一碟!"

9

第九站，木筏停在瑟尔特玛西平原，巴纳比遇见了阿丽婆婆。

"这九只小青蛙，有绿色的、黑色的、褐色的，"婆婆说，"它们又乖又安静，可是从这儿到丽波草场的路上，蛇会吞了它们的。"

巴纳比翻了翻箱子,想看看能找到什么办法。结果,他掏出来一堆排水管子。

"让小蛇钻进管子里吧,从这儿一直到丽波草场,"巴纳比说,"这样就全妥了,小菜一碟!"

10

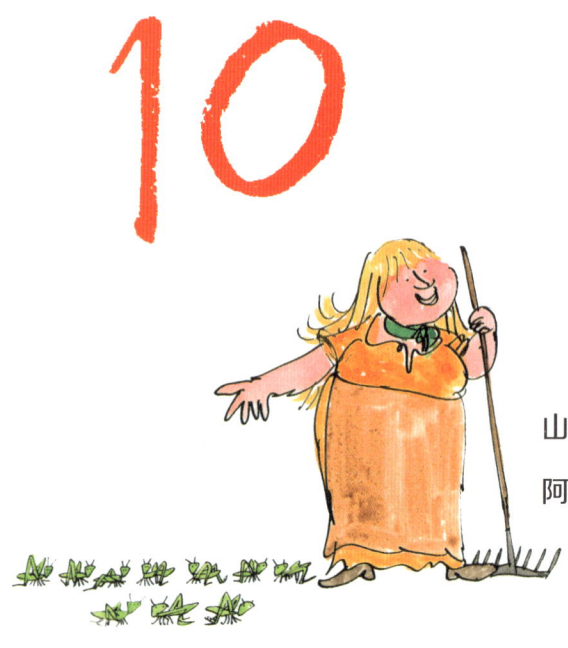

第十站，木筏停在山迪湾，巴纳比遇见了阿多姑娘。

"这十只小草蜢，漂亮有活力，"小姑娘说，"它们又乖又安静，可是从这儿到丽波草场的路上，青蛙会吃掉它们的。"

巴纳比翻了翻箱子,想看看能找到什么办法。结果,他掏出来一个金鱼缸。

"让青蛙坐在鱼缸里吧,从这儿一直到丽波草场,"巴纳比说,"这样就全妥了,小菜一碟!"

就这样，巴纳比撑着木筏平平安安地抵达了丽波草场。有一群人已经在那里兴高采烈地等待他了，他们领走了：

1
一只小猫咪

2
两只小耗子

3

三位女老师

4

四个学生娃娃

5
五只小猴子

6
六只鹦鹉

7

七只小狗

8

八条小蛇

9

九只小青蛙

10

十只小草蜢。

然后，巴纳比就让木筏一路漂回家。他的心情好得不得了，因为他做了一天的好事呀！

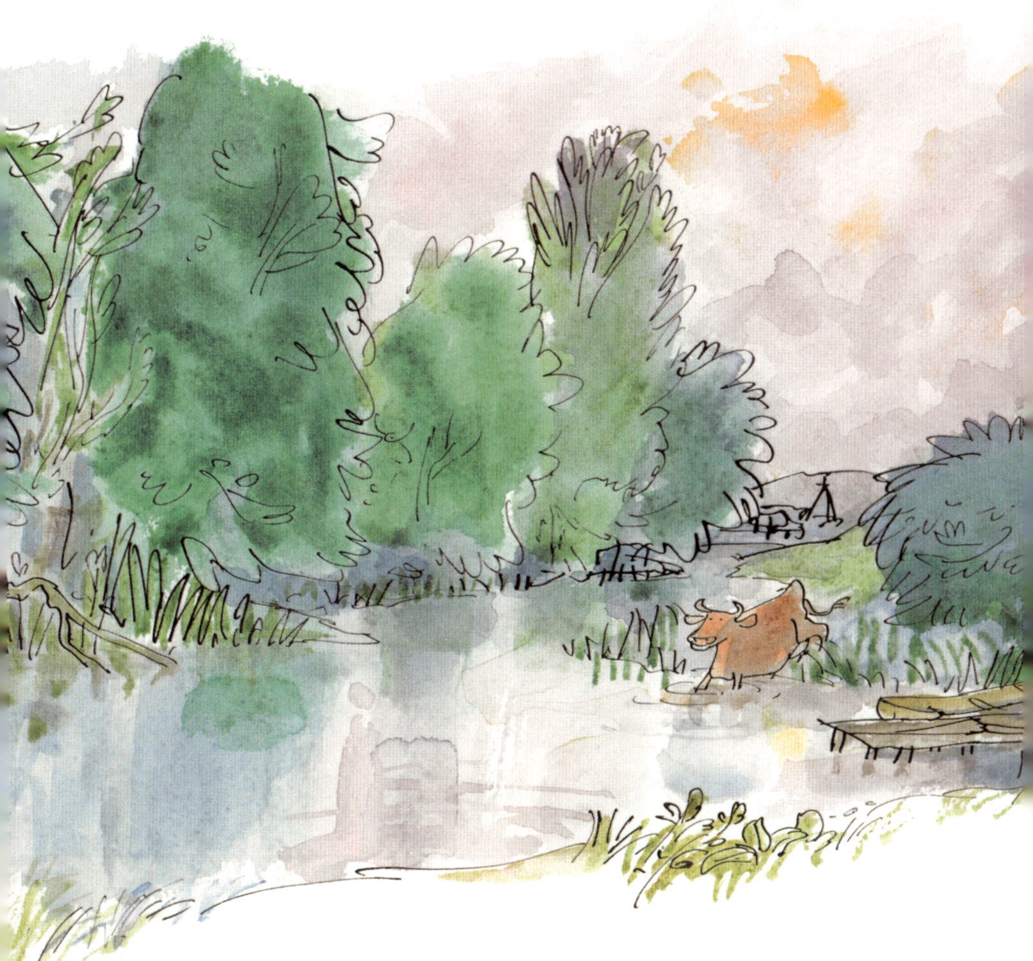

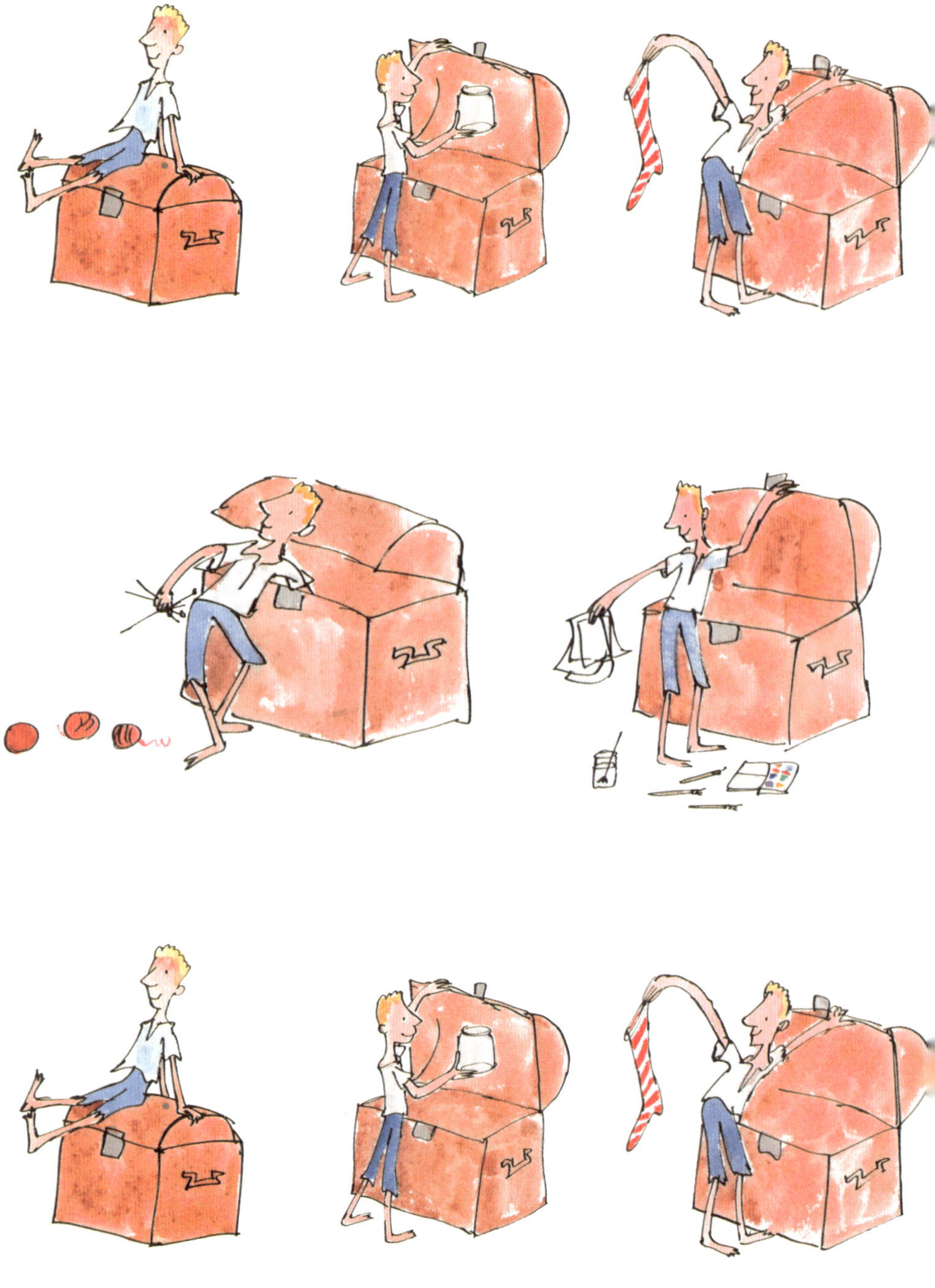